游牧路線

東海岸 愛戀赤字的旅行

周慶華 著

序 追踪一段情

這是一本情詩集，內裏在追踪一段斷了線的戀情，它也許是幾世以來都在重複發生的；而這輩子它的出現雖然不比曇花，但也無法抗拒報酬遞減的鐵律而飄然遠去。

原本它憑空降臨，然後又突兀消失，絲毫沒有留下任何痕跡。但我依然記得那條路線，情感熾烈點在初時暈開，一花一葉都可以講上漫長的故事；而後隨著熟稔和某些物換星移，抱怨來了，臉麻木了，心也顧忌多了，旅途開始遭到扭曲，最後自斷而去，徒然造成游牧的鷹視缺位。

前後四個寒暑，徜徉在半邊臺灣的陽光和海風中，我的新奇感常被例行約會的公式所掠奪，詩興勃發不到一半就折斷，等重整好了已經跑出路線，陷在無處可去的風險裏。愛戀因此赤字起來，東海岸的遊歷終究要歸零。

然而，多年後，那條游牧路線又隱隱然躍居前腦海，且越來越清晰，直到逼迫我自己去把它重新劃下來，並用詩來粧點每一段的風景。詩集主標題「游牧路線」，原是跟一些同事論學倡議合寫東海岸原住民雕刻藝術可用的書名，現在我卻先逕予收回自己用了。其實，副標題「東海岸愛戀赤字的旅行」才是重點，我不知道虧欠了多少，也不知道沿途星月陪著掉過幾許淚，反正這是一趟悵嘆還沒有完全出清的旅行。

雖然是這樣，那些年在該游牧路線上「栽培」一個文字好手卻也沒有價值出缺。教伊寫詩、寫散文、寫小說，幫忙修改潤飾，提供投稿參賽的策略。結果伊文學獎一座一座抱回家，書也出了幾本。這些都有旅遊的時空背景作見證，而我比自己寫詩還耽溺那一段段的情節。只是羽翮長豐滿了，伊要獨飛，還說過去寫的作品都是「不成熟的東西」。於是在這條游牧路線上，該給的愛戀不夠，赤字更嚴重了。有時闔上稿子，真希望沒有發現這道被深割的傷痕。因此，追踪到了那段戀情，原來是虛幻一場！

詩中的惋惜，可說從頭貫串到尾。期待來世再相遇如果還是這種結局，恐怕游牧路線得再重寫一遍，屆時就不曉得誰製造的赤字比較多了。卷八終點〈也罷〉那首，原則上給雙方都訂好了基調，未來歷史要重演，我也無可奈何！不過，寫了一本詩集，該原諒的也都原諒了，相關的道德擔負就留給清風明月。

整本是計畫性寫作，依次卷一起點十首、卷二中繼站十五首、卷三岔路風景二十首、卷四返回預定路線二十五首、卷五二度岔路風景三十首、卷六耽溺臺東三十五首、卷七後前進四十首和卷八終點四十五首。呈「每多五首」遞進，以便詩意黏性增濃，足夠譬況旅途越後越見艱難；而每首則限定在四至六行，不多也不少。這是繼我《銀色小調》每首僅一至三行後，「刻意為之」且以為區別的。

二〇一〇年九月二十九日晚間，臺東文學館籌備處主辦的「文學沙龍」座談，第一場由徐慶東兄主講小詩寫作，多引我《銀色小調》為例，很承謬獎。知道他對小詩情有獨鍾，所以在被邀上臺對談時呼應他的講法，提到小詩的必要：第一，文學可以創新世界，而小詩以意象淬鍊見長，最能看出連結兩個不同事物而達到創新世界的目的；第二，詩寫長後，一定會跨向敘述而淡薄詩質，遠不如小詩可以保有詩的純粹性高明；第三，詩人作品能被記憶的，實際上都是個別的詩句而非整首詩，因此小詩直接進駐讀者腦海，不必剪裁。我寫《銀色小調》，就是考慮這些理由。如今再寫本詩集，依然小製，只是多增幾行而已。

那場座談，主講人預告最後要大家現場習寫五首小詩「才准離席」。我為了怕沒有動腦而脫不了身，所以在慶東兄邊說中邊寫了。當時他帶了一個小白板，畫一面小旗和一隻切分的大魚，說明寫詩的規律；而會場還有一尊裸女雕像，以及後山文化工作會李金霞理事長和林崑成總幹事貼心準備的貝納頌咖啡等，我的五首小詩就拿它們當題材了：

看板

手在窗上抓住一條魚
鬆開規律
旗子跑到終點獲勝

聽慶東兄談詩

月光探頭來捕捉詩人
逮到一徐二慶三東話語中的汗珠

裸女雕像

她在喝一碗失去歷史的迷湯

貝納頌

兩對銀黑色的伴侶
站著想詩賺到一座寶町獎賞的月

爽

拔一根鼻毛遇見春天開口唱歌

我分享完後，才發覺大家都沒把主講人的「指令」當一回事，沒有詩作產生。顯然詩的報酬率並不高，聽著有感覺的人未必寫得出來，而沒感覺的人一行都是多餘。這又興起了我繼續寫小詩自娛且準備「娛人」的念頭；那些還在迷濛中的準詩人，看這種小詩所受的衝擊應該是最小的。至於已是詩壇老手的，他們看不看、願否多長點經驗，那就聽便了，至少我自己的「自娛」目的達到就不錯了。

還有二〇一一年四月中，靜文和如輝來臺東跟我和意爭一家人相聚。他們剛辦好結婚登記，準備於六月底宴客。這次有兩度的長聊，甚是盡興。後來他們度蜜月到花蓮希臘風情民宿，給我寫了一首古典現代形式相嵌的無題詩（古典部分是如輝寫的，現代部分是靜文寫的）：

無題　黃如輝／許靜文

春日涼山拍岸輕
久違的雙眼在無國界話題中回溫
寶桑城內景依舊
甦醒了那年酣暢的遠夢
星月酌酒論空玄
酒逢知己一瓶威士忌剛剛好
微醺幻履夢步蝶
鳳凰樹晃蕩二條暈眩背影
瑣事漸離隱山田
讓靈隊的密碼都藏匿

莊周從此共一室
看那謙稱口拙的人竊笑孔子的秘密多得意
今日相親他日見
一場歡聚恍然牽繫出你和他前世的相遇
猶記東臺白髮翁
只要有詩就不寂寞

它題在一張背面畫有「有貴族血統的貓咪」的明信片上，詩畫相得益彰，直把我們飲酒話古論今的興致和得意感都活脫的說盡了。隨後我回給他們一副賀喜的嵌字聯「如昭無隙唯好靜，輝映有情盡藏文」，還有一首詩：

賀新人

六十六朵茉莉
月光把它們叫醒溫著芳香
天亮前記得分送

靜謐問過史家
文事的歸宿
如果聽聲音前往
輝光處熱情就是了

結一次緣很綿長
連接民俗裏面有基進的躍動
理中都是欣趣美到未來

至善留在心底
喜氣迎著我們要給祝福

這一方面是有感於靜文從語教所暑期班畢業後常有詩唱和；一方面則是為她慶幸得了如意郎君而如輝又特別謙沖可以深談，祝福他們一起開啟人生另一段旅程。而詩到了這裏，似乎就要轉出另一種滋味。

此外，還可以一記的是，二〇一一年六月四日，第二屆臺東詩歌節又在簡齊儒教授精心策畫下舉辦了。這次邀請更多的詩人和歌手，把一個「如果土地不歌唱」的主題發揮得淋漓盡致。由於我也在受邀行列，所以比照第一屆的作法，一樣寫了一首詩權作紀念：

土地唱歌了

——記「第二屆臺東詩歌節」

遙祭不了遠在汨羅沉詩的情節
我們在東臺灣一隅高舉歌唱山海的火炬
兩座島嶼瞇著眼睛聽見了
海風和香料共和國及原靈的邂逅

行經一年詩樂飄蓬的國度
繆思決定再次化身吟謳大會的使者
點亮鐵花村的詩劇和喃喃的鄉愁
孵出午後鯉魚山旁天空的一抹蔚藍

小劇場讓你看到後山的滄桑
電影院裏包辦幽暗地道的小旅行
園遊會彩繪詩跟拼貼一起飛翔
夜市飽飫後別忘了核去核從

尋樂從一臺單車開始
兩條山脈已經遠遠在見證你的行踪
吟遊就好不必携帶吶喊
有幾隻蟬正在為盛夏醞釀潮戲

詩人對話擦出野地翻滾的火花
把創痛和呼吸分享給音樂家
如果最後一塊淨土也瘖啞了的主題很驚悚
從現在起我們不寂寞它就會開口唱歌

這一開口唱歌，又唱出了後續的兩段因緣：一段是意爭於二〇一一年八八節來電相邀共聚，除了請我吃火鍋，還送我蛋糕和賀卡。賀卡有一首詩：

結論

——二〇一一年父親節約定／陳意爭

一場刺激辯證的後全球化論文發表
嚇傻了誇口要爭辯的她
等不到語教所再來發問後
地球應該還會繼續轉動
被貓咬走了舌頭算了
總之
只想好好孝順那個白了髮的他

難為了她！我正想告訴她先前同學們寄存的逢節都要來關心我的「委託書」已經到期了，不必再理會，我都知道大家的心意。另一段是徐慶東兄於二〇一一年七月應邀來語教所暑期班演講「新詩寫作與教學」，深獲迴響，我現場寫了一首詩回報他：

微雕午後
——聽詩人徐慶東談詩

一場及時雨
淋濕了詩人手中的咖啡
我們的心在奔跑

樹出場
意象從小男孩的畫中打了一趟太極拳

杯裏吞進心事
醞釀歡愉留給情人

舞一段歌
想你在美麗的稻穗
船會去接回金門

赫塞桑德堡詩大序都來軋一腳
卞之琳的色澤穿過陳香吟的小詩
我的言有盡你的意無窮

舞蹈配照片詩要喊ＹＡ
然後喝了一瓶高粱酒
暈眩中有起承轉合

白板跳出一尾活魚
牠的眼睛盯住前面的三角旗幟
在召喚李白的靜夜思

木棒敲入桌面節奏跑了出來
春風啊　你的詩太不懂得遮羞啦
記住下次唱歌要多自戀一點

看明朗的不懂鑽入晦澀
找到直線和波浪的交錯你就開竅了

有東西不小心撞到心坎
詩飛奔出去
最後偷偷地回家
父親還在那裏等著

幾年前，出版影像詩集《又見東北季風》，開闢了一個「旅人系列」的新書系，現在這一本一樣放在同個書系，以見前後一貫紀遊的性質。只不過前一本書所寫的臺灣東北角，多為緬懷家鄉事物；而這一本所寫的臺灣東半邊且興感全在一己的私情上，彼此棖觸不同，也無法以什麼「旨意相連」自我定位。然而，兩本都緣於「旅遊」所一併感懷卻是一致的。只要生命存在，這種旅遊還是會繼續下去；希望下個階段可以有另一種心情。

周慶華　二〇一二年初於東海岸

目次

卷六　耽溺臺東

卷七 後前進

卷八 終點

卷一

起點

重逢

那一夜溫存過後
風從旅店望去
洄瀾港邊的路燈
在霧氣的濡濕中失身

七星齊鳴

北斗昨夜的歡會還在
今晨歸途卻來了無數的迷濛
回看四周空蕩的焦慮
遠山已經奔赴要重新起誓
一灣潭水被冷冽包裹著

集會所

隨著雲來尋找前世的閣樓
鳳仙裝裏藏著出征男子的遷念
那時全機栽進航艦的胸膛身影很壯烈
一杯酒回敬遠東的戰爭
太陽旗飄落在島嶼
贏得兩番心情

臨去一瞥

長長累了的海堤
圍堵不住潮聲的奔竄
才站在岸上閒情就遇見蒼茫
攜手是今生最後的禁忌
離開會微痛

前路

黑夜走過無著
熟悉的頻率中有興奮
勾起往事許諾一次帶電的飛行
白天出發心淡淡的

牛頭山小憩

闖進私人沒有告示的領地
山他們自己命名
沙灘在眼前白亮的延伸
偷偷擁抱曠古的迴響
海給了一次對話
她想靠岸

芭崎留連

午寐揀在一片落葉中
蟬鳴還沒醒出冬眠
紅顏就搗著惆悵蹀躞去了
睜開眼滿地細碎的陽光

過磯崎

浪花拍打著礁石
在索討千年的承諾
我赧然無言
聽說這裏是衝浪客的天堂
遲了想像就會萎頓

還出第一站

撞開門兩顆心急切的要詢問
藝品店主人你的咖啡冷了
倘若改沏一壺茶夜就會溫暖些
那是身世剖白的相逢
在話語中沉進陳年的恨意
如今路過只能餵它一眼

黑潮

流星殞落的故鄉
潮間帶黑黑的
那時暖流全許了浪跡天涯的遊子
逗留和前去都一樣荒唐

卷二　中繼站

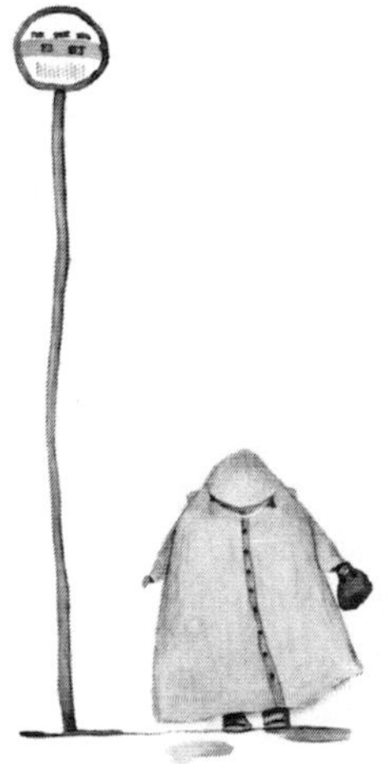

灰色城堡

它起身姿態就呼喚向海
藤蘿爬上了高牆在接收晨風
我來剛錯過一場孵夢
眼神交會女主人不捨的心思寫在臉上
帶走的是她新栽的扶桑

問藍

二度造訪已是炎夏的午後
望安找她去聽海
偌大的房間剩下遊客偕喧嘩來借住
跟藍天共渡編織的春宵
夜夜出了疼痛
敢問這是不是多餘的憂鬱

石梯坪中日夜長

故事學寫到傳播的困境
漁船放生在海裏搖晃
傍晚散步忘了心心相印
來客一波就強迫你結成熟人

晚風歸

海漂白在鴿灰的嶙岸
激起晚霞的熱焰
風越過雙雙頹唐的心門
報去的訊真實從指縫中溜走
甜苦成了兩難抉擇

星象

別抬頭
他人會接去落下來的祝福
驚奇滿布完了
晶瑩變成淚
夢裏不到許願時刻
都怕飛走

穿透地表

大葉欖仁看門
詩種錯地心
爬牆虎拉拔九重葛
隨後長到天際
餘痛在根部發芽

地形雨

烏雲切過了山頂
鷹隼閒閒的將它拍落
起身沒有冰酒
愁累進裝入煩中紅濁的

等

獻詩隔天就發酵
鐫名裏有女主人朗聲的羈留令
歸心如箭卻傷了一地的青葱
就像預告片不准久播
魂識早已熟透要去凋零
空虛整盤的來進駐

閨窺

說好的是男人的禁地
月亮仍然允諾網開一面
小精靈偷看過了
菩薩曾經也來湊數
我隨緣

頹廢一個黃昏

兩隻鷗鳥滑翔過海域
軟軟的晚風提早吹亂一片彤霞
荒蕪了整個夏日的心思
在岸邊聽潮水喃喃的輕涮

又夢了

擁抱星空入夢
亮光中有綿綿的鼾聲
扶他走過生病了的山路
來世別再輕許收徒
給愛也是

進門就空帳

陽光燒烤一個長夏
蟬鳴解救不了大地的飢渴
焚風從窗前飄過
伊裸身端坐成今夜最後的渾茫

拖曳

漫步準備劃出儀式的路線
一季的偕行都給了灰白的低鳴
心惘惘身也惘惘
計算歸程沒有彩染的風華
無奈一場夢囈
從亙古涼到失守的版圖

揀到半個故事

素裝在東海岸漂泊
來一根浮木驚喜抱回家
煲著會出味
同情猶豫的寫在雲邊

告別

假膩了
微痛還在奔跑
陶鑄了一段沙漠風情
回首流星太驚醒
夢沉默離去

卷三　岔路風景

大港口

一座虹橋串起一截歷史
兩世的情緣在寂靜中瘖啞
泛舟客携來了悲壯
崇高從灰藍無聲的水面飄逸
共渡艷陽跌落樹葉縫隙的午後
秘密風留不住

西普蘭島

被夜鷺喚過的記憶
島事仍在矗立內孤獨
分流剩餘都從沙渚中見著了
昂首向天樹要飛

渡

對岸失去嚮往的地帶
有煙稀稀的穿透
車子呼嘯驚掉了一片寧謐
我心想將它們彌合
隔著兩隻蜻蜓

看雲天

再次確定入山
奔湧來的緘默堵住缺口
上空白雲閒呆了
旁邊藍色撞個滿懷

彎道

帶著情進來
旅行駭怕被中傷
守著僅存的一點心燒歷程
回報給天
薄暮在旋轉前進

山在心蜿蜒

無謂的行程
滑入空洞的迴響
心連著山雲嵐來開路
還你曲折

無目的地

每一處跳躍的景物
都裝了過路客拋剩的底片
偶爾閒淡的回眸
車煙已經挾著影像逃逸
計算此去多餘的路程
天高高的在遙望

瑞穗

踅出海岸山脈
荒涼的心情還在起伏
橋泛舟去了
我們揀到一座靈魂
沙礫從腳底走過

泥溫泉

橫渡時空把今生重新包裹起來
一起尋找曾經抹去的記憶
淺池禁止裸躍我輩了
比況需要多一點顏色彩粧
星星想入夢
墜落臺階夜涼涼的

另一度水歡

無色無味無紅顏
牽掛寫在倉皇的行腳上
沐出水中有遠渴
擁慰解了後換來一世的陶然

夜逍遙

為了一片等待多時的白帶魚
蹀躞車站在想黃昏
味蕾幾經誘惑偷渡的腥香
終於嘗到它離開煎鍋的美姿
瑞穗的夜還未蕭條

逗留糖廠

哈雷一字排開
疲倦到旅人的眼神
冰品僭越製糖的風光歲月以後
都給了兩隻鴛鴦在池中消磨

北北上林田山

循著滷豬腳的香味
來到一座放走工人的山林
伐木的盛況戀人聽不見
蟬叫正在穿越幾百年的歲月
響徹我的空懷

蓮花池

繞進繞出遺失一池蓮花
巧遇風味餐館在豐收
食客的喧鬧跳入水潭胡亂蕩漾
驀地發現眼前已經凋盡
原來秘密出夏就畫成枯萎
離去頹喪留著

黃昏

鯉魚潭隔著十幾年召喚
一條迂迴公路的蹁躚
情走在它的胸膛茫盲的
那年的故事還有兩分餘溫寄著
從夜幕低垂後就滴滴的減去

夜宿荒野

車燈看不到中橫的入口
星事有岑寂包圍
河谷把心深拉去探險
回來夢要纏綿

訪幽谷煙聲

沒有雲霞蒸騰
立霧溪在腳下驚恐
燕子啣著山洞遠去他鄉了
清醒是最新一波的儀式
無煙無聲找幽谷

天祥

鬼斧神工的盡頭
梅林給了它深藏的倩影
仰望山巔上的藍空
情要出岫

心回程

同樣莫名的旅程
溪谷的迴聲早已杳然
來時路多了一道漫山的迷濛
車在彎道裏直奔
看不見今生許剩的諾言
硬要歸向何方

離

蘭陽的亂雨還在說夢中
迎風卻要切出洄瀾的單行道
此去不敢記得愛的匱缺
叢結糾紛的心緒內有薄歡

卷四

返回預定路線

出關

兩度寒暑就遲了感覺
每次停留都像在豪邁一個關卡
東海岸熟悉的藍天裏有歉意
看雲游絲的飄動
我的心寄在天邊要入關

他們的船歌

教堂聳立成一艘船
航向上帝的國度
海邊那間停泊已久的民宿
從早晨起就在清唱不斷
路過餘心在稀微
愛的距離太短

八仙洞

雙腳踩響海底渡剩的潮聲
一迴旋崖壁就邀到了萬古空茫
仙人的隱居還在吞吐煙嵐
我的秘密已經迷失於鬆脫的記憶中

訪古

登山只為看那片蔥蘢
兩隻猩猩守著入口
風雲變幻了才隱身而去
回望驚奇腳下蓄滿一方汪洋
停在指定啟建的稻田上
伊的歸宿有我的愧憾

長濱街上

遺址被考古人帶走後
巷道轉世的都是忘記時間的人
美食烹調出原住民的味道
承諾無意在鹹蛋苦瓜裏

又折返

改道竹叢探去
風擾動到了胸前的寧靜
心在矗立它
三年後孤單會進駐
聽不見步履聲

莫名在召喚

熟悉的路變節了
偷窺柏油後又燒灼旅人
沉默一個不會永恆的愛的版面
前去有琉璃散淡的光

石雨傘

撥開漫膝的小徑
看到了它斑駁黛綠的臉龐
陽光微辣的在外邊徘徊
靠近立刻變成一個褻瀆的儀式
兩個靈魂終於要撐著它行走
擋風擋雨不擋分離

三仙過境

鞋印伸入東海
沾濕了他們的愛情
總有一方要飄然遠去
遺憾鐫在崖邊的孔洞內
迎風忘了舒展

拱橋

八道仙人的詛咒
跨海而去斂起了追隨的雄姿
雨霧湧來心鹹鹹的
悵然回顧這岸眼底有滄桑

烏石鼻

第一次來圍著冬季
膠筏在風雨中疊出浪
如今返回遊客都攻佔了涼亭
一杯紅酒端出不想喝乾
得到煦陽淡薄的漫應

在基翬遊蕩

陽光從椰子樹輕盈地篩落
走小路揀到午後一片通光的靜謐
港灣裏幾艘講不出故事的船
都失聲的迴向岸上兩個無語的旅人

成功

一樣的海一樣的沙灘
黏著渾噩的夢
百無聊賴閒蹓上觀景臺
遠方的燈塔從白皙到昏濛
落在眼眸浮浮的

只為了吃一條魚

風味餐一家又一家的消失
折疊過的路還是喜歡變形穿梭
冰櫥秀出來的是不敗老店的魚鮮
挑一尾乾煎情就滿溢
吃罷四顧茫然
車速不知道向何處延伸

巡街

空格鋪小成功街道
炎熱焚炙路面有歷史的焦味
前來膜拜卻存多了緬懷
無情惦念它的名

錯過那個地景

它早就偽裝成
一個摩登不起來的女人
瓶瓶罐罐貼滿支架後
房子從此知道天地會搖晃
我的車給它一條平行線

木屋

黑夜趕到太晚
上空布滿了凌亂的星星
樟木味在鼻息間流竄
愛躲進門內很沉重

看你溫存

屋外浪濤在推人入眠
一波一個高潮
眼淚從噩夢中醒來
心黏黏的
寒氣要相擁入懷

幾度春

窗開明月偷跑進來
廝守的諾言被劫掠而去
對不準頻道
浩浩的乾坤 一起走失信用
想得到的都在
春把它關著

飽

寒冬來炎夏也來
福刻在水上給了全樟
買一夜星月偷渡
風懸念已千年

金樽

看海域低翔
金色的沙灘凹進一個酒杯
托住它微醉的眼波
藍衫泛白的時節
我要吟哦歸去

那一片海

陸連島美名隨潮汐漂盪
鷗鳥不能來一起俯瞰深沉
崖邊波斯菊黃向神話加持的晴空
罩著船隻點綴無垠的藍絨
我在咖啡店吮啜南風
腳下的節拍想蹈虛而去

夜河

夏末月亮圓出海面那一天
鏡頭等在金樽看臺要捕捉它的英姿
忽然金光閃耀著墨藍的夜空
一條河皇皇的直逼到眼前

走一趟沙灘

順著步道往下探幽
笑語從蝶影中找到升降的旋律
走近海潮漂流木在問來歷
幾隻忙碌的招潮蟹要為它們開路
金樽的沙灘很生意

定情

飲過了金樽的暮色
愛說出口就是那一片汪洋
風雲變幻前別回頭
前去一排莿桐會見著

卷五　二度岔路風景

東河戀

醉來扶起舊橋
溪谷亂石憑弔了許多季節
出去是海踪跡停在無波的水面
竹風拂過臉頰心痴痴的
我還要入山爭睹一條幽谷

它叫泰源幽谷

寂靜等到了夜晚
彈簧床上遙想的愛意正濃
換個姿勢星星會嫉妒
斜插進濃黑的霧中
密度再來一次
花急急要開

紅屋瓦

螞蟻驚嚇到一抹夕陽
照出牠們遷徙的路線金黃的
上樓下樓時光都忘了流動
今晚無風會是升溫的纏綿的夜

山中無曆日

兩天在雞鳴假想中醒來
深山浮出的綠都簽給了漫舞的蛺蝶
一對儷影從鞦韆上輕輕地盪起
沉默是最後的騷擾
你的半片果園疊到我的零星足跡

隱身溪

叢林蓋住一抹蜿蜒的溪
溪想奮力往上攀援
援到藍天只剩一綹拖沓的倒影
影像跌落我們的蹊徑在迷失

無影

此去興致要穿越海岸山脈
路的牽引中有空的座標
聽不見人影突來闌珊的晃動
滿山風吹了雲在飄逸
我狂野獲得一路的盤旋
植愛後迴響等不到意外的回升

路的那一端

出了山相逢又是山
富里街頭一棵茄苳自己寂寥
懶懶的陽光替它找到不必發聲的理由
北上還是南下焦慮失了方向
初冬的午後心仍然在原地踩著問號

溫泉水滑洗凝情

趁夜蕭條前造訪安通
琉璃藍的天空剛剛抱走一座山谷
晚風從煙波輕渺中升起
涼進一間久違的孤獨

深入歧路

車往上爬遇到雲
路有多條呻吟
都通向一個寂寂的國度
兩情相滾於迷離的感覺裏
心想問故事的歸屬
答案藏在冷冷的回程中

玉的里

掏出一彎縱谷
翠綠的玉紛紛跑來告白
它們要重新安居在藝品店
把搜尋的夢留給漫長

漫遊

隱喻從牛背翻飛過去
踩到一隻鑲金的毛毛蟲
驅車驚訝到象徵
讓連緜的山接續古老的情
我獲得崩散的結構

北迴歸線

方碑指向半個虛擬的星球
風在山頭跟它一起徘徊
兩排檳榔相互看住傾斜的路
歸線從此不再北迴

森林遊樂區

被關在山裏的樹
蓊鬱得想逃離
小住後遁去
一併將寧靜架走
前面跫音嵌在回家的苔蘚上
行囊還想滴漏滿滿的蟬聲

田在眼前穿梭

初夏剛剛漫步離去
熱浪從土裏翻出皴剩的光霧
稻田抽了穗湮沒一條彎曲的視線
心還在山巔做著銀白的夢
拖延的情已經爬出窗外尋找逃走的路

東池紀事

潘的店創作在隱密的地方
黃色的記憶裏油菜花才燃燒過
蠶家就把蕭條忍痛寫進歷史
坡邊的渡假屋內有失禁的人影

入口

新武呂溪經過腳下細細的乾涸
遙望山頂的霧有點濃稠
進去還一段上升漸淡的情
今夜無法回頭
迷戀在前面阻擋

很意外

讀著標誌去投宿
暈黃的燈影給了沉默的解答
歸返空寂闃黑的山路
兩顆心被上鎖

山不想醒來

等不到雞鳴凌空
貪睡就被鳥叫聲攔去啁啾
山谷還濛在薄薄嬌浮的晨霧裏
主人急忙把它喚醒
農場的夜太短
疲憊的靈魂來不及溫存

向陽

古樹參天遮住半熟的溫度
停車讓地圖釋出整座山脈的耽戀
路往上爬陽光斜切喊冷
滿缸的心事一點一點的滑落

埡口等霧

峭壁強押著谷底竄上來的風
命令呼嘯不准過山
遊客的留影裏有灰白的夢
此去是看另一世界出軌
雲天要我們稍後
它正在接收叢林呼出的新霧

驚嘆號

一個斷裂的棒槌挨著一個
緊緊黏在前進的道路上
剎車決定跟它比驚奇
山神飄上樹巔開始對空歡呼
生死都歸祂管

天池

殞石撞出一隻眼
淚水乾枯了
望穿氤氳
蕪亂的心在風中跌盪

關山古道

沿著視線翻過去
就會遇見古老的足跡
走山的歷史很長條
沉默在陪伴
遙想兩顆心深繫一根竹槓
擔著下崗

抹

回看歷險在新憶虛無縹緲中
別了夜困住農場的寂寥
利稻還出亙古的洪荒
晃動的長影從霧鹿的橋上走過

南繞

直截單絃的路
響穿小鎮
遇見連環的自行車隊
彈掉兩串音符
遠方歸建的跫音
趁年輕沉著

紅葉村

鹹鹹的一揮棒
球砸在東瀛的屁股上
哇哇的哭嚷說一定要報仇
入口寫著三個字
儘管來

鹿野高臺

播茶後記得上山
美人不比出水的芙蓉
卻在前方臥成一道屏風
如果跟你雙雙奔飛
降落時不在家
蜻蜓會眼紅

牧場在初鹿

牛羊躲避喧鬧去了
烈陽催趕著啄食的人潮
從一處草坪劫掠到另一處草坪
然後載著冰過的夢離開

原生植物園區

小火鍋冒著蒸騰的氣
吹拂紙紮的生命
拚長壽容許你消費整座園圃
青紫藍紅卻渾然忘了寓目
一隻蝸牛走進一畦昏黃

舊省道

兩排小葉欖仁搶吹牛
先前擺出來的風光
顏色都還留在顫動的縫隙裏
路面有枯影亂疊

卷六　耽溺臺東

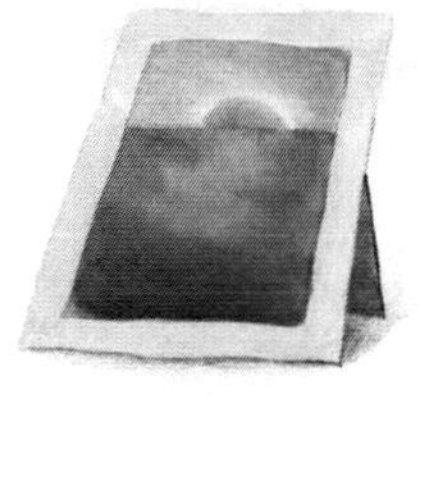

海濱公園

獨步一條路
詩分段給它鍛鑄風景
從太平溪口勃發到寶桑亭
單車牽在手上胡亂見證

琵琶湖

木麻黃學著搖出松風
讓兩只玉盤驚成一身寶藍
遠處濤聲像大小珠滾落
忽然一片黃葉剝離
岑寂的水面著急得忘了矜持

森

那裏面藏著許多夢
都被綠意層層綿綿的包圍
從這頭悠閒的望去
美人已經爬上山頂扮成撩人的臥姿

東行客

命運的跡線劃經此地
上庠騰出一個空地
我用著逑駐留
東海濕黏的迴影
都織進了鯉魚山長長的牽掛裏

眺望

他們都不喊飢渴
知識的流動遇到超級地心引力
偶爾有人來論辯零星的
晴朗時只看見蘭嶼和綠島

花東南迴線

白鷺鷥飛越鹿野平疇
家隱隱在望
戀棧不為一列車的速度
還要向西借力阻止太早黃昏
路線斜著穿透過山
希望在茫茫的海霧中

寒舍

茶滾燒
山霧飄濃了燈夜
一夥人都進去聊齋
出來寒滄滄的

寵一座梅林

隔著一排忘我的讀書聲
它隱身於過客無心的探勘裏
白色的花海只許諾給隆冬
訝異書寫在恣肆的臉龐
綻放教你嘗鮮

原始部落

鞦韆甩出稚嫩的年歲
歌舞裏有冷盤精選的原味
石板烤魚香噴在舌頭上
野菜濃淡都不再計較

尚鼎

幾度偕伊失伴
裹著寒風深入來覓食
除去腥膻的羊肉跳進爐中熱滾
夜臺東從山下挑燈姗姗淡去
歸途突然遺忘在霧茫裏

大巴六九

選擇一座還想眺望娑婆世界的山
主人的命名超出試題的規格
眼前藥膳一盤一盤的歡聚
嘴跟著擺滿長桌
心饞饞的
有人在吹不搭調的薩克斯風

爬一半

從那條鯉魚縱身躍成山勢後
夜夜都有星子來窺看
找個名義邀夥說要去探幽
爬到山腰有詩在擋路

卑南有大溪

沙渚連亙這頭那頭
東北季風揚起它溫剩的眠床
漫天飛舞失速的噩夢
前進吃驚的街道
光溜溜完成一座砂城的傳說

防風林

夜在黝暗中升起了激情
找一片林相掩蔽防風又防潮
車震只准星月先喝采
那兒有一半滿足一半驚險

富岡

它是吃魚的故鄉
深巷有兩家對峙生意
美娥總匯多了一些流客
藍色的愛情海不跟人家搶海鮮
守著一片汪洋聽歌
飽足後又有新欲從心底騷動起來

小野柳豆腐岩

撥開密布的林投樹
稀奇中看見海岸笑了
它計畫走出淺灘
風景區管事豎牌警告叛逃

水往上流

蔓草淹沒的一條溝圳
被砌上了水泥
它的流速都給遊客期待慢了
追踪一則地理的傳聞
背後有千萬人震動

又見防風林

風找林木愛戀
薄霧最知道給它們灰白的渴望
喃喃的情欲要探聽出口
回去舊地有幾分安全

都蘭史

一段無嘩的海灘
給廢棄的糖廠鎮守
漂流木點綴了幾度藝術
月光小棧的故事影友都記得
女主角中年放蕩
滿山都想回應

南洋杉傳奇

矗立了就別彎折
過長的陽物都會來膜拜
你漂洋經過的時候沒帶裝飾
赤裸的南風也想擁抱

臺十一線

沿著海岸找一份剛卸去的情
山在嘲笑只剩少少的溫馨
四年荒蕪在一條路上的點滴心事
拴不住最後的別離
遺憾已經通往掛念的盡頭
再相見得等來世

颱風天

狂雨掃來天哭揉成一團
詩興陪你激動
呼嘯不停的風屋外有敗象
杜工部還在撿拾被颳走的茅草
他還沒盼到廣廈千萬間

祖靈居住的地方

遺址早已被強行挖掘過了
卑南王只能在背後守護這一片族人的天堂
他們遷徙後靠公權力來回顧
給一座公園文化自行跑去找歷史

史前博物館

比照檀島的熱情呼喊椰風
然後把遺骸蒐集成一間城堡
盼望它們重新活著走出來
解說員假裝很熟悉族裔的內幕
神采飛揚的話語落在我們茫然的眼眸
離去時它還在宣示那方弔詭的領土

鐵路步道

自從火車隱身後
匡噹的餘響就開始迴盪
那邊綠化強逼過彩繪
腳步穿梭像急切飛走的龍

夜渡

趁月亮晦暗的晚上
偷放一支星光在心裏
跟你黏貼愛沒到最高點
冷燃等不及紅燄
海邊的潮聲摸黑上岸

候機室

當一隻輕便的候鳥
過境這裏有著後現代的寫真
在北返東來的嘆息聲中
坐姿是唯一留給它的東西

飆車

時速四十還嫌少
兩腳踩到膝蓋快要綳緊爆裂
跑課堂趕搭飛機
管它是吞風還是吐雨
白頭翁升格成了臺東一景
我的單車是忙碌的

微雕的黃昏

蜻蜓在窗外舞弄
七里坡隔著濾光的玻璃
看見公園海和波浪
一個男子走在路上語無倫次
車吃進眼裏輕輕的

綠島行

兩度都靠嘔吐航向它
上了島腳還在暈眩
詩寫到朝日溫泉被人潮劫去
睡美人不想觀音洞給過期的貞操
騎車經綠洲山莊消費囚犯的家
冰獄正在為人權紀念碑題簽

蘭嶼地圖

飛魚環著島奔躍
舢舨船划出一年的心願
傳說都會有這樣結實的季節
今天只在攤平的彩繪上
看見外來宗教攻佔的版圖

藍天

每日洗過才上場
藍到可以溢出水來
偶有淡掃的雲
都是新漂的絲絮

焚風帶

暑天熱鬧的時刻
衛星雲圖來了一圈氣流
外圍稀稀的停在中央山脈
吸走還在飄浮的水氣
你我只想仰望一杯甘霖
釋迦園已經燒出濃濃的焦味

懸

當她駕著銀色的新款逃開
兩座島嶼就不必貪戀古老的情歌
我盛著孤寂走出點點星光煩擾的夜空
痴念流向遠方一顆堅硬如石的心

運行又東南

失去原來沒有得到的
我是天地間的一縷遊魂
飄落在這個禁不起塵囂的小城
得到的原來又失去
歸返的路在冥冥漠漠中

卷七

後前進

尋找一條溪

兩度颱風把一條溪搞丟了
剩下的激昂在天空氾濫
滾出粗重的雨
斜打焚焦過的土地
石礫還原不了蜿蜒入山的悸動
我要它潺湲流經眼前

老知本

轉向撿到三十年前的記憶
橋頭賣名產的姑娘羞紅了臉
我們四度光顧只為多餵她一眼
寒風如今還颼著整車的思念

星星來偷窺

給蔓草荒廢的沙洲
涼風吹熟了初夜的低沉
貼黑車窗遮住的羞赧不想回返
繼續一場超速的約定
有星星欺身看見裸露的晚情

走過一片無人的海岸

潮水涮過的地方
幾經昏濛
鷗鳥在細數緜亙的腳印
向前去渺渺的

路名中華

六段拉長了兩座橋的距離
它們相望在每一個迢遙的晨夕
國的圖騰裏加上會微笑的花
站立中間有鷹視的眼助燃
看這邊或那邊都別有頹唐摧心

利嘉溪

踩上橋單車就自由了
橫量鳥飛的距離有枯竭的臉
想它出山的姿勢風要曼妙
切近海的胸膛堆石還可以拴牢一季的荒漠
裹脅近午的仍然在黌舍的會議
心留著單車必須焦急前進

深

步道自己逃出漫脛叢綠的捕捉
我擋著它的去路 一隻毛毛蟲來告饒
斜飛的雲陸續天上的旅程
轉身驚訝來處在遼闊的暮靄中

准你進去

山夾著溪澗開口磣磣的
陡峭聳起今生的流命
深入有無常的喜悅在等待
泉仍然想跟煙一塊燒沸
鑽出後痛苦留給明天的渴望

小吃店

煎一條特大的魚
累垮那個乾瘦的大陸新娘
她的老公經過吞雲吐霧很肥黑
再來一盤小卷炒三杯
招徠聲十分甜醬
兩個小孩玩到電視新聞下半旗

飽飫後的節目

還是開車在驅趕藍調的黑暗
填滿的肚子不會想念腦袋
血管開始吟詠高升轉白的雪中紅
從裸湯中看到你的玫瑰笑了

溫泉（一）

席丹撞倒世足賽那一天
滿室氤氳降伏了遠地傳來的吶喊
愛撫正在穿透熱量的極地
從影像中流瀉
水滑過身體心還沒有到達沸點

溫泉（二）

隔夜的睡意沉入發霉的床
鳥叫聲吵醒溪底的龍
奔泉逸出滾動山坳曠古的遺響
還想入夢流連一次愛的拼貼

溫泉（三）

秋風搖落
屋外僅存的溫度
報到的泉冷了
裸對急著升起一道霧
濛住沉默的眼
今天伊要終結拖沓的情

山遇見山

初霽一場靜靜的午後
趦進長棚等待退燒的欲火
那時雙手忙碌於摩挲兩座山
溫熱燃遍茂密的叢林

旅邸

偷來的福分都給黑夜管束
入住一次愛耗損一次
夢魘從床上驚醒遇見遲到的靈魂
走出門路在遙遠的天邊
有具軀殼翻身還要莫名的安睡

橋下那一雙眼睛

沒有招呼聲的櫃臺
冷冷的登錄記載著愛戀赤字的路線
它在蒐集游牧的伴侶
東海岸的風不准

無緣箱根

路過瞟一眼它深沉的呼吸
神秘都在矗立的龐然中
問價一聲夜的濃度增加兩倍
街頭無人燈影下有霧飄浮
向前阮囊一樣羞澀
虧欠寫著兩張不眠的夜

街在販賣溫泉

熱度騰滾著白霧
從每一家店門口賣力的啞吼
逗留的旅客煮蛋完成拜訪的形式
泳衣撿旁邊一字排開
你的遊興終點在香湯裏

路隱隱

被激出的氣還要往上爬
蟬在空山唧過了一個季節
旅人的心沒有盡頭
支票腳夾著來生兌現

闖

繞來一整座山
綠沉沉的
路無法跟時間相約
都走去午寐
引擎聲噗到兩隻鶺鴒
牠們各自震飛了

避居

冒著路標深入
發現仙人的世界變小了
借宿一晚月亮會怕黑
逃離苔徑幫你批可

相約在樹顛

疲憊困在溫泉區
星空發出鑽石的邀請
愛想冷卻
一聲啁啾從窗前飛過去
等明天牠佔住枝頭後
我們的約會就開始

早餐店

藏匿的秘密
晨曦把它曝光
環顧四周沒有嗜腥的眼神
叫一杯奶茶給伊享用

岔路的心情

向右邊情路很悠長
想清楚了還是轉回左邊
前面陽光有點痴迷一瓶晚秋
閒懶的探進車廂
它要知道的結局沒有答案

參無

星月周期的約定
一頓美名一場湯歡
剩下的給靈視
有條金龍在緩緩升空

最後一次散步

從酷暑走過寒冬
竹風高高的顫動著狹長的公園
言語全送進了闃寂
無謂的步伐想起一則灰色的故事
折返在緊抿的嘴唇裏

找崖洞

杵頂著天
形態不要鮮紅
痛寫在臉上苦苦的
抽回會透支力氣
換你騰空
我去發現新的缺口

回溯

秋末記載了最後的分手
餘恨在一條長長的路上奔馳
找到當初未曾輕許的名分
給你來世的承諾

還有後前進

腳出了知本
記性又陷入另一個時空
依戀要強押旅地堆疊高度
怠慢了瞋怨像蛇爬來
侵噬失防的肌骨

太麻里

釋迦最南的故鄉
它滿心風光了
還有金針正在攀爬上山
夏天要扮一名遊客

金針山（一）

細數縫過的歲月
滿山初發含苞的萱花
透亮的金黃招來尋找失憶的蛺蝶
同臺觀看前世今生
遺落一根針

金針山（二）

從蒼綠的劇本挑一根針
別在山的髮梢
聽風飄過存著芳香的樹影
乍回頭遠遠有霧給你白色的新奇

金針山（三）

前來皴剩的波浪
把一重山翻出黃金的隊伍
身軀已經藉保鮮挺立了
昂首還有未歸的朝霞
離去撿起一條低空蛇行的路

冷宿

花謝了再來
寒氣凌空潑灑
凍著一間最先鼾聲的小屋
有朵玫瑰錯失季節
急急要開放
我把它端進來細心呵護

在涼亭看霧

谷底一團霧就要瀰漫上來了
瞬間眼前都是游絲
它灰白的觸手輕撫著樹的全身
山在興奮我的嘴得到高潮

別下山

那年孟春私訪
有桃花李花櫻花一路陪伴盛開
最後還點選周遊過佛國的曼陀羅
今年飄零在羣山寥落中
風遠颺雲天寂寂
眼睛聽不見伊失散的笑聲

海事

即興癱軟了停在半山腰
看海雲幫忙丈量
寬闊連到天際
低飛過後我的童年要泅泳
陽光灩灩的不邀約

迷失大路

熟透的愛情爭著落地
被風搧到的有澀味
走向那一方回升都駭怕跟隨
路在電掣躑躅給了車

灰

南行天空走窄了
雲聚雲散蔚藍不再自己無垠
言語撐起一斤初見的欣喜
沉默劫去最後八兩
前方愛想計算折舊率

心跑向終點

風雨中抽口氣後出發
惦記昨夜噩夢裏的淅瀝
四年逡巡換來一張游牧的地圖
結束在路線忘了經緯的地方

卷八　終點

時序更動

赤字的愛戀
在最終的旅遊地遇見了
它選擇一片空白
時間後來證明
遞減的報酬

過金崙

又是一個溫泉鄉
蒼白的愛慢點浸泡
望兩眼蒸騰會捎來想念
車還要無謂滑行

大武

輕盪一顆心
前面有剪接的修鍊
車陣還是旋不出舍利子
你要的解脫在莫名的地方
往後沒有退路

輕航行

時序翻越過去了
一座山要揚帆
爬完它的背脊涼意遇到午後的瞌睡
沉沉巴著的是我藍色的海

南迴幽情

陽光在入口把守
進來的人車都給一把斬妖劍
峭壁站立的可以下來了
你們把劍收去發放通行證
呆在懸崖的回家做夢
布好的繩子得牢記綁上彩帶

最後岔路要審核

彎折全路的驚疑
意念想曲承最後的一瞥
它藏在東源的野薑花
經過請出示誠心

過東源

世外沒有桃源
雞犬聲仍舊記在史書上
那個漁翁也該來陸地行舟了
避亂代會倒長回去
這裏的蒺藜都無意集結
看前村一片雲天

牡丹水庫的雨

再灑它就要滿了
塌下的風灌進羞澀的行囊
亂絃還在水面搏鬥 一場斜飄的煙雨
遠離後知道它愛蒐集陌生的約訪

四重溪小駐

溪疊出來有四重
影子都埋沒在視線裏
聽不見琤琮發生的陳年往事
一方藍天要告訴
行人裝入背包偷帶出去

卜

嘗過四重溪的養生雞湯
伊要問靈擺
做大做小都無所謂
山風不停地吹拂

前去車城

多一輛路不會變大
它的門開在海風的出口
關聖帝的靈驗被整車載走了
來去的人潮搶著說話
城是你的也是我的

覓一處沙灣

據說海風化後
它的魂四處飄散
落在一灣淺灘
沙沙被看見遊客驚叫
繇長而去相約無數澎湃的心
如今木麻黃命令它蕭索

轉驛

逃避臺九線定向奔馳的車
心又折回去陪伴來路的寂寞
四重溪溫泉無緣也遠了
我們走進亞熱帶最後的灌木叢裏

在山腰遇到海

路隱隱
羣山在眼前轉動
夢的踪跡杳渺
詫異一聲
海從眺望中浮了出來

結識它的名

長長的一抹淺海灣
存滿了神靈搓揉過的鵝卵石
它們在聆聽波濤蹣跚調製的音符
從遠挪近然後三分的陶醉
撿幾顆好給學子當獎品說是旭海的
明天來陪看日出

旭海

為了捕獲東海岸最早一道晨曦
殘夢睡到太陽爬上山崗
大草原的誘惑就留給未來的旅程
海產店的煎魚香我們帶走

港仔的午後

村落用寂寥吞吐陌生客
我們的心在空中趑趄
回頭望座標已經失去精密度
向前只為等候一場夕陽的斜照
海還是羅列著層層的濤聲

鼻頭沙

四輪驅使輾出時髦的車痕
黃沙揚起吃掉痴望的眼
土丘上有海灼熱滅聲的狂喊
檢視地圖這是多餘的過境

藏

碉堡有枝槍守著
海不能潛逃
崖壁經過喬裝的瞭望
敵踪別想凌空偷渡
解嚴後管制剩餘一句口號
軍事重地飛鳥勿進

愛已遲鈍

兩隻喘氣吐沫的螃蟹
頂著炎炎烈日
在尋覓曬昏的記憶
性從爬起那天就跌落

南仁湖

申請不到一張入山證
男人的湖藏著女人的幻想
遙望那步行的旅程
恐懼裏有秋深深的刻痕
落葉滿地給失望送行

牛仔渡假村

又是貴族的聖地
偷覷一眼賠了兩倍的尊嚴
老爺車依然不爭氣
開過頭才想起抗議喇叭

無意獨鍾一字

每首詩幾乎都抓住它不放
二三四五六七八九大多遁地跑了
原來書寫行數節儉字的筆劃也得消瘦
如今游牧來到臺灣尾端
留幾點相思給它補償
誰叫愛戀赤字也跟這個偏好有關

失去滿州

再多加三點水
它就得回去祖籍
那兒有長白山和倭寇的留影
現在只請准許我們吹噓一次路權
不會記得誰的名

距離在熱脹

來的季節
錯失了寒冬
相擁只是測量各自呼吸的空氣
淡薄早已存入恍惚的眼神
不敢去想拉長的回返
比坐開始天涯

入平地

駛出一條線後
情還在嶺上奔跑
旅行著色了
視野跟著放棄增闊的天

嘆

沒有這次的約定可以看清
蛻變的蝴蝶早該忘了曾經困處的繭
炎夏還趕來貧乏激情的南地
海風正在搧走一點一滴融入汗水的好奇
那時可是連毛毛蟲的綺夢都會過問哪

欠佳樂水

步行會撿到逃出惶恐的焦岩
搭車就只能目送它們隨驚異散去
到了海水爆迸巨石的地方
看著幾許泡沫後兩腳無心回家

斷裂

海岸公路被地圖折過來
從佳樂水望去有一截褐色等候接通
想像的距離可以無奈
進去也許有窮山劃地霸佔
會苦了出來通報的禿鷹

風吹砂

明明是地形魔術
砂就被偷天換日移位了
找風來認罪
一條路塞滿它的怒氣

又一個了字

赤字愛戀的人要終結語氣
有那個助手方便逃避四方的責難
感嘆需要它來主持最後的仲裁
停頓情愫會幫你一臂的力
即使詩中都斷去線索
鑄好的魂同樣會飛奔回來偷偷的效命

開出險地

黃昏了
路在暮色中片刻筆直
它要衝去大海
精神變速

聯勤禁區外

一顆大圓球對著天空發呆
不許欺近是它發出的綠色禁令
我們享受那被施恩縱容過的草坪
躺下來頻頻併看迅速更換新妝的雲彩
旁邊幾株含羞草都紅斂了臉

躲熟人

定定瞧著海岸的斷崖
絕不旁顧一雙正在搜尋隱私的眼睛
浪花在腳底規律的喝采
驚動到兩隻宿鳥出來慢飛
滾起一片茅草藏住遲頓怕生的愛戀
快了趕不上閒閒浪跡的黃昏

終點牽拖

繞過鵝鑾鼻就是西海岸
旅行不能到這裏劃上休止符
看過歹戲拖棚忍著只剩今世一齣
還有回程要折磨

鵝鑾鼻

摸過兩座海峽的溫度
已經在記憶的扉頁寄放了三十年
今天來撿出還給熱熱的
不像好望角明顯混不了顏色的洋流
我們的都潛進水裏狠狠的較勁

驚宿

一腳踩錯你就半生殘廢
地下地上都有窺伺的地雷
不等引爆也知道快要粉身碎骨
只要把它裝進噩夢裏

吃頓飯也得徬徨四顧

創造題目比詩句長
都是驚惶過度
的關係
宰殺一條魚
配夜空戰慄的星星
舉箸遲疑

墾丁森林遊樂區

五星級的旅遊行程
板根美姿才看了一半
不堪回首那些新植的熱帶雨林
這原是終結戀情的傷心地

大尖山

它峭立的有點孤寂
還在以光影俯瞰
這邊一座哀怨的農場
那邊兩道淚痕深鑿的牛隻
沒有得到它的氣勢釋放

社頂公園內

最後一站了
爬上高亭舉目四望
一隻午鷹在巡視牠的領空
落下幾許寒光

曲迴旋（一）

曾文或白河水庫的記性選一
兩個不安的靈曾經蹀漫到那裏
脫卸了深山的偽裝
晴空沒有答過一句話
小徑得親自承繼闃寂的迴響

曲迴旋（二）

在候鳥過境的季節
飛到馬祖惶惶然渡假
芹壁的老建築不是安樂窩
那一片海有嚮往的島

曲迴旋（三）

計算赤字淡水給過一筆
倥傯帶走最痛的情
捷運車上還有近距的秘密沒被發現
如花蔫了的臉孔
穿著離別來到眼前

也罷

伊孵夢能寫二十幾本書
筆中嫌澀掙扎了半邊臺灣
我幫忙完成三本贏得數面獎牌
日子停在滿意的牢籠裏
忽然從終點彈出一隻筆控訴我逼寫的惡行
震撼到錐心黯然送伊

旅人系列2　語言文學類　PG0756

游牧路線
——東海岸愛戀赤字的旅行

作　　者／周慶華
責任編輯／黃姣潔
圖文排版／楊尚蓁
封面設計／蔡瑋中

發 行 人／宋政坤
法律顧問／毛國樑　律師
印製出版／秀威資訊科技股份有限公司
114台北市內湖區瑞光路76巷65號1樓
電話：+886-2-2796-3638　傳真：+886-2-2796-1377
http://www.showwe.com.tw
劃撥帳號／19563868　戶名：秀威資訊科技股份有限公司
讀者服務信箱：service@showwe.com.tw
展售門市／國家書店（松江門市）
104台北市中山區松江路209號1樓
電話：+886-2-2518-0207　傳真：+886-2-2518-0778
網路訂購／秀威網路書店：http://www.bodbooks.com.tw
國家網路書店：http://www.govbooks.com.tw
圖書經銷／紅螞蟻圖書有限公司
114台北市內湖區舊宗路二段121巷28、32號4樓
電話：+886-2-2795-3656　傳真：+886-2-2795-4100

2012年4月BOD一版
定價：320元

國家圖書館出版品預行編目

游牧路線：東海岸愛戀赤字的旅行 / 周慶華著. -- 一版. -
- 臺北市 : 秀威資訊科技, 2012.04
面； 公分. -- (語言文學類 ; PG0756)
BOD版
ISBN 978-986-221-947-8(平裝)

851.486 101005316

讀者回函卡

感謝您購買本書，為提升服務品質，請填妥以下資料，將讀者回函卡直接寄回或傳真本公司，收到您的寶貴意見後，我們會收藏記錄及檢討，謝謝！

如您需要了解本公司最新出版書目、購書優惠或企劃活動，歡迎您上網查詢或下載相關資料：http:// www.showwe.com.tw

您購買的書名：________________________________

出生日期：________年________月________日

學歷：□高中（含）以下　□大專　□研究所（含）以上

職業：□製造業　□金融業　□資訊業　□軍警　□傳播業　□自由業

□服務業　□公務員　□教職　□學生　□家管　□其它_____

購書地點：□網路書店　□實體書店　□書展　□郵購　□贈閱　□其他

您從何得知本書的消息？

□網路書店　□實體書店　□網路搜尋　□電子報　□書訊　□雜誌

□傳播媒體　□親友推薦　□網站推薦　□部落格　□其他__________

您對本書的評價：（請填代號　1.非常滿意　2.滿意　3.尚可　4.再改進）

封面設計____　版面編排____　內容____　文／譯筆____　價格____

讀完書後您覺得：

□很有收穫　□有收穫　□收穫不多　□沒收穫

對我們的建議：________________________________

____

____

____

請貼
郵票

11466
台北市內湖區瑞光路 76 巷 65 號 1 樓

秀威資訊科技股份有限公司 收

BOD 數位出版事業部

(請沿線對折寄回，謝謝！)

姓　　名：＿＿＿＿＿＿＿＿　年齡：＿＿＿＿　性別：□女　□男

郵遞區號：□□□□□

地　　址：＿＿＿＿＿＿＿＿＿＿＿＿＿＿＿＿＿＿＿＿

聯絡電話：(日)＿＿＿＿＿＿＿＿＿＿ (夜)＿＿＿＿＿＿＿＿＿＿

E-mail：＿＿＿＿＿＿＿＿＿＿＿＿＿＿＿＿＿＿＿＿